# らくごで ことわざ 笑《しょう》辞《じ》典《てん》


斉藤洋 作
陣崎草子 絵

偕成社

# もくじ

えェ、まいどごひいきにしていただき、
ありがとうございます。
西東亭《さいとうてい》ひろし丸《まる》こと、斉藤洋《さいとうひろし》でございます。

このたびは、ことわざにまつわるおもしろいはなしをってことでして。

だけど、らくごっていうのは、ちょっとは知識《ちしき》がないと、わからないものなんですね。

ことわざの意味《いみ》とか使《つか》い方《かた》がわかってないと、ことわざのらくごをきいていても、つまらなくなっちゃったりするんです。

そこで、ひとつひとつのはなしをおたのしみいただくまえに、はなしの演目《えんもく》になっていることわざの意味《いみ》と、それから、使《つか》い方《かた》を知《し》っていただいて、そのあとに、らくごをきいていただこうと思《おも》うんですよ。

それでは、そういうことで、ごゆるりとおたのしみください。

装丁　山﨑理佐子

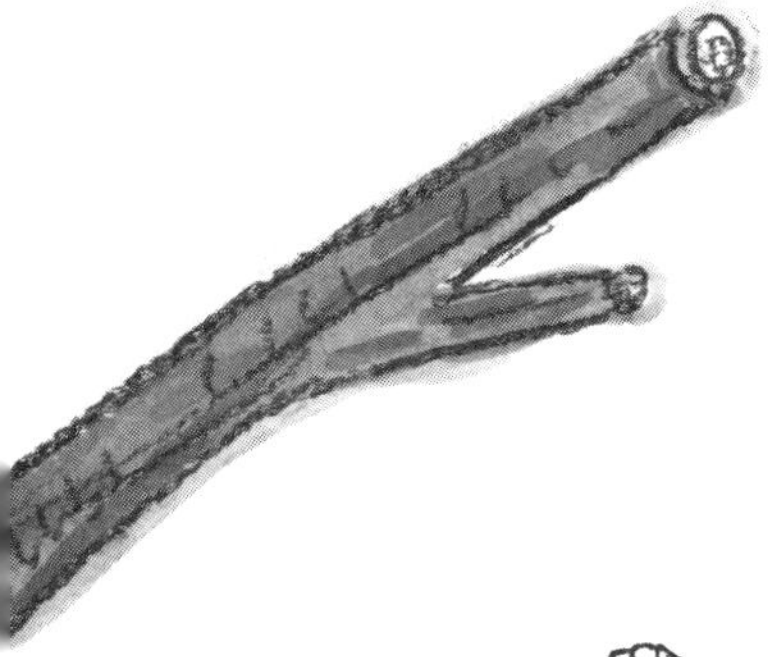

# 一 犬《いぬ》も歩《ある》けば棒《ぼう》にあたる

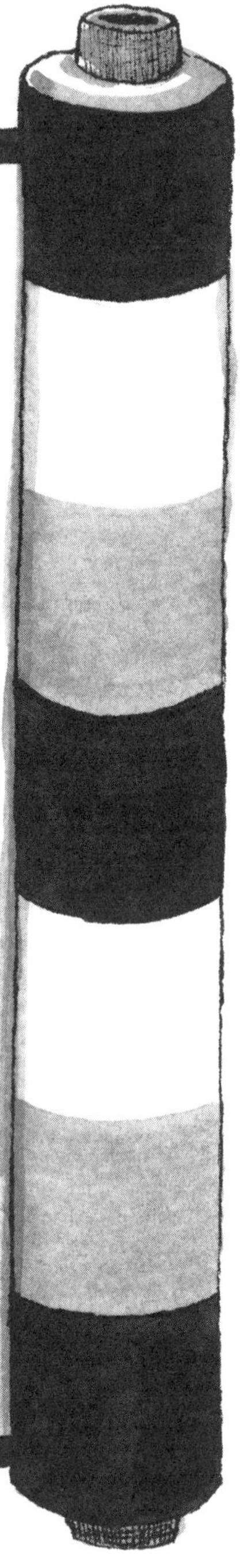

## 意味《いみ》

棒《ぼう》にあたるというのは、棒でぶたれるということで、でしゃばると、思《おも》わぬ災難《さいなん》にあうという意味《いみ》。また、ぎゃくに、なにかやってみると、予想《よそう》しなかったような幸運《こううん》にめぐりあうことがある、という意味もある。現在《げんざい》では、〈あたる〉ということをくじにあたるというような、いい意味《いみ》にとって、こちらの意味につかわれることが多《おお》い。

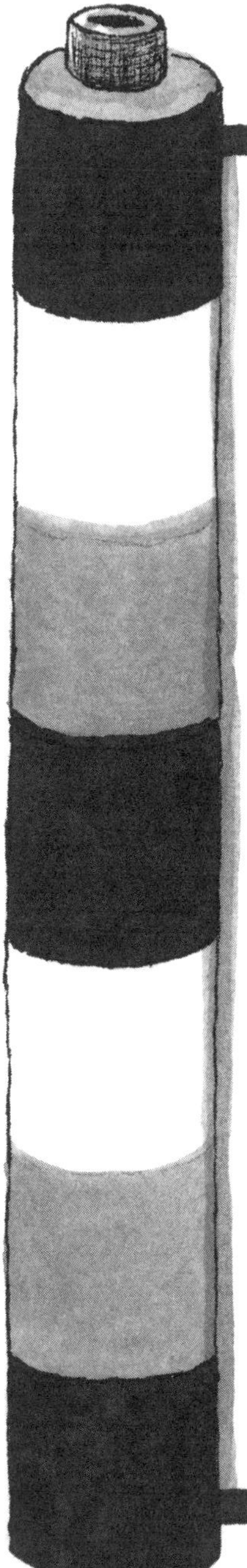

# 使《つか》い方《かた》

一　学級会《がっきゅうかい》で、学級文庫《がっきゅうぶんこ》の本《ほん》のならべかたがでたらめだと意見《いけん》をいったら、図書委員《としょいいん》に、じゃあ、おまえが整理《せいり》すればいいじゃないかといわれ、ぼくがやることになってしまった。犬《いぬ》も歩《ある》けば棒《ぼう》にあたるっていうけど、ほんとうだなあ。

二　おつかいにいったら、まえからかわいいなあと思《おも》っていたクラスの女《おんな》の子《こ》にあっちゃったんだ。犬《いぬ》も歩《ある》けば棒《ぼう》にあたるだよ。

ええ、ことわざっていいますと、すぐに思《おも》いつくのが、〈犬《いぬ》も歩《ある》けば棒《ぼう》にあたる〉っていうやつですな。これ、もとは、犬が歩いていたら、棒にぶつかったっていうことじゃなくて、人間《にんげん》に棒でぶたれたってことなんです。

そりゃあ、まあ、そうでしょう。歩《ある》いていて、棒《ぼう》にぶつかるなんて、そんなまぬけな犬《いぬ》はいませんよ。それにね、このごろは、犬のさんぽなんていっても、犬を歩かせないで、バギーにのせて、それで飼《か》い主《ぬし》がそれをおしているなんていうのもあります。これなんか、犬《いぬ》のさんぽじゃなくて、人間《にんげん》のさんぽです。

ともかく、歩《ある》いていて棒《ぼう》にぶつかる犬はおりません。〈棒にあた

る〉っていうのは、棒《ぼう》でぶたれるってことだったのです。
でも、このごろじゃあ、このことわざ、わるい意味《いみ》じゃなくて、いい意味につかわれることのほうが多《おお》いんです。
さて、わたくし、西東亭《さいとうてい》ひろし丸《まる》のはなしの少年《しょうねん》の主人公《しゅじんこう》というと、ごぞんじ、一郎《いちろう》くんなのでありますが、この一郎くん、国語《こくご》の授業《じゅぎょう》で、〈犬《いぬ》も歩《ある》けば棒《ぼう》にあたる〉っていうことわざには、ふたつ意味《いみ》があるっていうことをならい、ひとつのことわざに、ふたつの意味があるなんてへんだと思《おも》いました。でも、それ以上《いじょう》に納得《なっとく》できないのは、だいたい、犬《いぬ》が歩《ある》いていて、棒《ぼう》でぶたれたり、棒にぶつかるなんてことがあるだろうかってことです。

それで、一郎《いちろう》くん、学校《がっこう》から帰《かえ》ってきてから、近所《きんじょ》に調査《ちょうさ》にでたんです。犬《いぬ》が棒《ぼう》でぶたれたり、棒にぶつかるなんてことが、じっさいにあるだろうかとしらべてみようと思《おも》ったんですな。

ところが、いまどき、犬《いぬ》を棒《ぼう》でぶっている人《ひと》な

んていません。

それから、犬《いぬ》をつれてさんぽしている人《ひと》がいたので、しばらくあとをつけてみたのですが、犬が落《お》ちている棒《ぼう》につまずくなんてこともないし、だいいち、道《みち》に棒が落ちていたり、どこかのへいから棒がつきでているなんてこともないんです。犬《いぬ》のほうで棒《ぼう》にあたろうと思《おも》っても、そうはいかない世《よ》の中《なか》になっているんです。

それで、一郎《いちろう》くん、調査《ちょうさ》をあきらめて、うちに帰《かえ》ることにしたんです。

そこは、駅前《えきまえ》の商店街《しょうてんがい》から一郎くんの学校《がっこう》のほうにむかう住宅街《じゅうたくがい》の道《みち》だったんですけど、まえか

ら担任《たんにん》の先生《せんせい》が歩《ある》いてくるではありませんか。

先生は一郎《いちろう》くんに気《き》づき、

「おや、一郎くんではないですか。どこにいくのです？」

と声《こえ》をかけてきました。でも、ことばづかいがみょうによそよそしいんですな。

一郎《いちろう》くんは先生《せんせい》のちかくまでいくと、立《た》ちどまっていいました。

「きょうの国語《こくご》の時間《じかん》に、〈犬《いぬ》も歩《ある》けば棒《ぼう》にあたる〉っていうのをならっただろ。だから、ほんとうに、犬が歩いていると、棒にあたるのかなと思《おも》って、しらべようと思って。」

すると、先生《せんせい》はまわりをちらちら見《み》てから、小《ちい》さな声《こえ》でいいました。

「研究熱心《けんきゅうねっしん》で、いいことだけどな。それはそれとして、一郎《いちろう》。そのことばづかい、なんとかならないか。学校《がっこう》じゃあ、それでいいけど、こういうところだと、だれが見《み》ているか、っていうか、きいてるか、わからないだろ。」

「だれかが見てると、まずいのかな。まさか、先生《せんせい》。おれを誘拐《ゆうかい》しようとしてるんじゃないだろうな。」

「ばか。誘拐《ゆうかい》なんてしない。誘拐は重罪《じゅうざい》だぞ。」

「じゃ、なんでまずいんだよ。」

「そりゃあ。おまえが生徒《せいと》で、おれは先生《せんせい》だからだ。このごろは、年《とし》よりがふえてるだろ。年よりってのは、ことばづかいにうるさいんだよ。せっかくおれが、『おお、一郎《いちろう》じゃねえか。どこいくんだ？』っていわないで、『おや、一郎《いちろう》くんではないですか。どこにいくのです？』っていってるんだ。だから、おまえも、もっとていねいなことばをつかえよ。だれがきいてるか、わからないからな。それで、教育委員会《きょういくいいんかい》とかに電話《でんわ》されてみろ。あとで校長《こうちょう》によばれて、四《し》の五《ご》のいわれるのはおれなんだぞ。そんなことになったら、きょう、国語《こくご》でやった〈犬《いぬ》も歩《ある》けば棒《ぼう》にあたる〉だぜ。」

一郎《いちろう》くんのクラスの担任《たんにん》の先生《せんせい》は、生《う》まれもそだちも東京《とうきょう》の下町《したまち》で、ちょっとことばにらんぼうなところがあるんです。

そこで、一郎くんは小《ちい》さな声《こえ》で、

「わかったよ、先生《せんせい》。ていねいにいえば、いいんだな。」

と答《こた》えてから、声《こえ》を大《おお》きくして、こういったのです。

「これはこれは先生。わたくしは、ただいま先生がおっしゃった

〈犬《いぬ》も歩《ある》けば棒《ぼう》にあたる〉の研究《けんきゅう》調査《ちょうさ》をしているところであります。」

　こんなことばづかいをしている小学生《しょうがくせい》なんて、いまどきいませんが、いきなりていねいなことばをつかえといわれれば、どうしたって、多少《たしょう》は不自然《ふしぜん》になるものです。

　すると、その不自然さが先生《せんせい》にもうつってしまったんですな。

「なんと、一郎《いちろう》くん。それはまたけっこう！」

とおおげさにおどろいてみせてから、こんなふうにいいました。

「〈子《し》いわく、学《まな》んでときにこれをならう。また、よろこばしからずや〉といいますからね。」

もちろん、一郎《いちろう》くんは、先生《せんせい》がなにをいってるのか、まるでわかりません。そこで、

「しいわく……って……。」

と小声《こごえ》できいてみました。

すると、先生《せんせい》は、

「子《し》というのは、孔子《こうし》の子《し》です。

つまり、孔子がこういったというのが、子《し》いわく、なのです。」

とおしえてくれました。

孔子《こうし》というのは、むかしの中国《ちゅうごく》のえらい人《ひと》ですが、一郎《いちろう》くん、そ

んな人のことは知《し》りません。こうしというのは子牛《こうし》、つまり、牛の子《こ》どもだとかんちがいしたんですな。そこで、目《め》をまるくして、先《せん》生《せい》にきいたのです。

「子牛《こうし》がこういったですって？　犬《いぬ》が棒《ぼう》にあたったあとは、子牛がなにかいうんですか。」

「まあ、犬が棒にあたらなくても、孔子《こうし》がそういったんです。これは、犬《いぬ》とはまたべつの話《はなし》です。」

「だけど、いきなり子牛《こうし》がでてきてしゃべるなんて、それ、むかし話《ばなし》ですか？」

「たしかにむかしの話《はなし》ですが、むか

し話《ばなし》ではありません。ほんとうにあったことですからね。」

これには、一郎《いちろう》くんはびっくりしました。

子牛《こうし》がしゃべるなんて、そんなこと、あるだろうか。だけど、まあ、世《よ》の中《なか》には、字《じ》を書《か》くねこだっているくらいだから、話《はな》す子牛がいても、ふしぎじゃないかもしれない……。

一郎《いちろう》くんはむりにそう思《おも》うことにして、きいてみました。

「それで、子牛《こうし》がなんですって？　その、学《まな》んだときがならうときって、どういう意味《いみ》ですか？」

「学《まな》んだときがならうとき、ではありません。学んで、ときにこれをならう。また、よろこばしからずや、です。つまりですね。学問《がくもん》をして、それをじっさいにやってみるなどして理解《りかい》をふかめるのは、うれしいことだ、と、まあ、だいたいそういう意味《いみ》ですね。一郎《いちろう》くんが学校《がっこう》で〈犬《いぬ》も歩《ある》けば棒《ぼう》にあたる〉を学《まな》び、それを外《そと》で調査研究《ちょうさけんきゅう》するのも、そういうことでしょう。いや、先生《せんせい》も、じつによろこばしい！」

そこでやめておけばいいのに、先生っていうのは、つい、よけいなことまでつけくわえていわないと、気《き》がすまないんでしょうな。

そのあと、こういいました。

「〈ともあり、遠方《えんぽう》よりきたる。また楽《たの》しからずや〉って、そのあと、つづいていくのですよ。ともだちが遠《とお》くからたずねてくれ

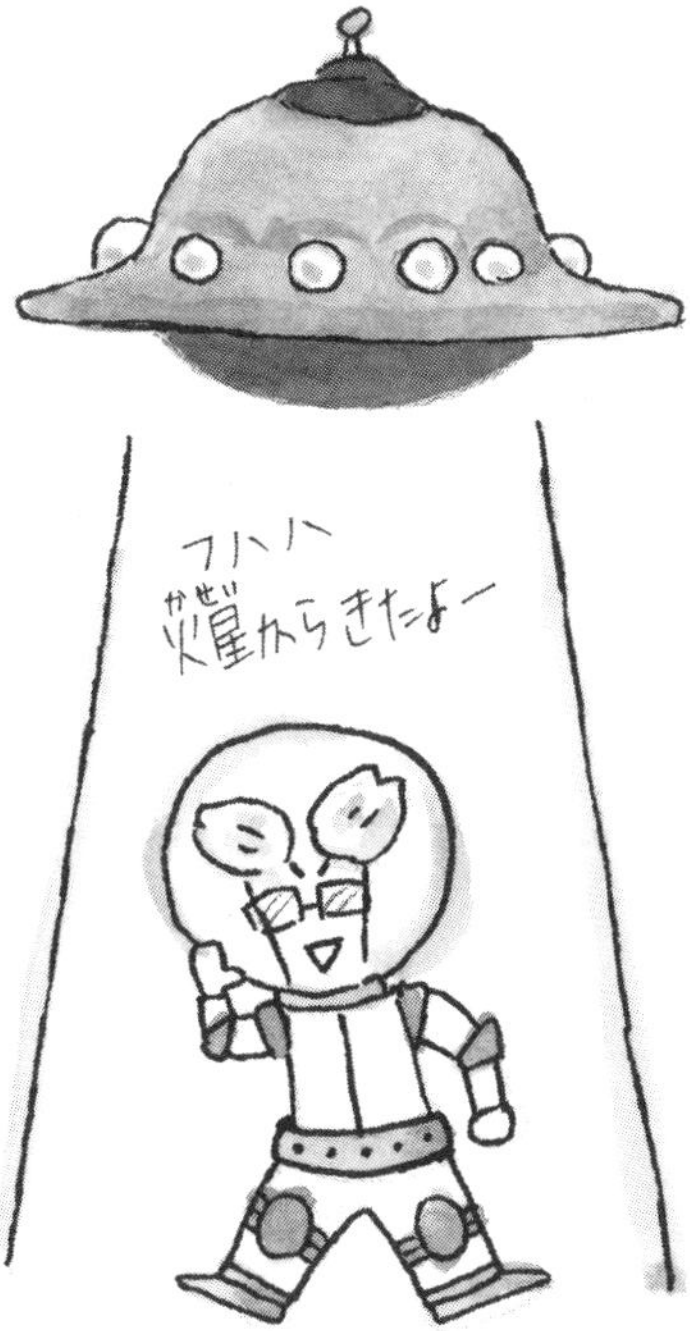

るとは、なんてたのしいことだろうか、と、そういう意味《いみ》です。」

ここまでくると、一郎《いちろう》くんは、もうまったくわからなくなってしまいました。しかし、わからないことをわからないままにしておくのもよくないですから、きいてみました。

「ええとですね。子牛《こうし》がしゃべったあと、ともだちがくるってことは、そのともだちは子牛の飼《か》い主《ぬし》ですかね。」

「ですから、孔子《こうし》のともだちであって、飼い主ではありません。」

「ということは、子牛《こうし》がしゃべっていると、その子牛のともだちがやってくるってことですか。」

「だいたいそうです。」

「それで、うれしかったり、たのしかったりするのは、だれなんです？」

こうし
ヤッホー
おや?
きぐうじゃな
わしもじゃ
きょう
ともだちが
くるんです

「もちろん、孔子《こうし》ですよ。いや、孔子《こうし》自身《じしん》だけじゃなくて、人間《にんげん》というのは、そういうものだということです。孔子はそれを弟子《でし》たちにおしえているわけです。」

「ちょっとまってください、先生《せんせい》。子牛《こうし》には弟子がいるんですか。」

「いましたよ、おおぜい。」

「おおぜい？　じゃあ、そこ、牧場《ぼくじょう》みたいになってるんですか？」

「牧場というわけではありません。孔子《こうし》はたくさんの弟子《でし》をつれて、旅《たび》をしましたからね。まあ、牧場《ぼくじょう》をとおることもあったかもしれませんね。」

「それで、その弟子《でし》っていうのは、あれですか、馬《うま》とか羊《ひつじ》

とか、そういう……。」

「なにをいってるんですか、一郎《いちろう》くん。弟子《でし》はみんな人間《にんげん》ですよ。おとぎ話《ばなし》じゃないんですから。」

先生《せんせい》はそういうと、

「じゃあ、一郎くん。わたしはこれでしつれいしますよ。きみは調査研究《ちょうさけんきゅう》をつづけてください。」

といって、駅《えき》のほうに歩《ある》いていってしまいました。

去《さ》っていく先生《せんせい》を一郎《いちろう》くんはしばらく見《み》おくっていました。

だいたい、〈犬《いぬ》も歩《ある》けば棒《ぼう》にあたる〉だって、あんまりイメージできないところに、しゃべる牛《うし》まで、でてきてしまっては、もう頭《あたま》がぼうっとして、なにがなんだか、百二

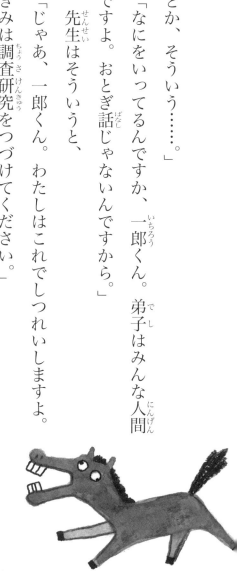

十パーセント、わからなくなってしまいます。しかも、やってきたともだちが人間《にんげん》だっていうんですから。

〈犬《いぬ》も歩《ある》けば棒《ぼう》にあたる〉の〈ぼう〉っていうのは、〈棒〉じゃなくて、頭《あたま》がぼうっとするの〈ぼう〉なんじゃないかな。〈ぼうにあたる〉っていうのは、むかしのいいかたで、いまのことばにすると、〈ぼうっとする〉なんじゃないだろうか、なんて、そんなふうに思《おも》っているところを、だれかが一郎《いちろう》くんのうしろからやってきて、駅《えき》のほうに歩《ある》いていきました。

それ、木村《きむら》さやかさんという子《こ》で、クラスで人気《にんき》のかわいい子なんですね。だけど、なにしろ一郎《いちろう》くんはぼうっとしていましたから、木村さやかさんに気《き》づきません。

ぼうっとしたまま、駅《えき》につづく商店街《しょうてんがい》のほうを見《み》ていると、もう、

先生《せんせい》のすがたは見えなくなっており、かわりに、そっちから、手《て》にスーパーのビニールぶくろをもったともだちの太郎《たろう》くんがやってきて、木村《きむら》さやかさんにあいさつしたようでした。
そのときになって、一郎《いちろう》くんは、太《た》郎《ろう》くんがあいさつしたあいてがクラスメートの女《おんな》の子《こ》だってわかりました。
太郎《たろう》くんは木村《きむら》さやかさんと手《て》をふりあってわかれると、にやにやしながらこちらに歩《ある》いてきて、とちゅうで、一郎《いちろう》くんに気《き》がつき、

「なんだ、一郎《いちろう》じゃないか。こんなところにつったって、なにしてるんだ。」

と声《こえ》をかけてきました。

太郎《たろう》くんがそばにきたところで、一郎《いちろう》くんはいいました。

「〈犬《いぬ》も歩《ある》けば棒《ぼう》にあたる〉っていうことわざ、ならっただろ。あれって、どうなのかなって、そう思《おも》って……。」

一郎《いちろう》くんがそこまでいうと、太郎《たろう》くんはすかさずいいました。

「あれ、ほんとうにいいことわざだよな。あたってるよ。」

「あたった？　おまえに棒《ぼう》があたったのか？　犬《いぬ》じゃないのに？」

すると、太郎《たろう》くんはうれしそうな顔《かお》で、

「おまえ、なに、いってるんだ。おれ、いま、おつかいの帰《かえ》りなんだけど、そこで……。」

といいかけて、口《くち》をつぐみました。

じつは、太郎《たろう》くんは、木村《きむら》さやかさんのことがすきなのです。それで、おつかいの帰《かえ》りに、すきな子《こ》とあえて、しかも、ちょっとあいさつなんかしちゃって、いい気分《きぶん》になっているところだったのです。

太郎《たろう》くんにしてみれば、いい意味《いみ》のほうで、〈犬《いぬ》も歩《ある》けば棒《ぼう》にあたる〉だったのです。

太郎くんは、木村《きむら》さやかさんのことがすきなことをひみつにしていて、ともだちの一郎《いちろう》くんにもまだ話《はな》していません。だから、一郎くんは、太郎《たろう》くんがなにをいってるのか、よくわかりません。

一郎くんが首《くび》をかしげていると、太郎くんは、

「じゃ、おれ、いそぐから。」

といって、帰《かえ》っていってしまいました。

一郎《いちろう》くんは思《おも》いました。

なんだか、太郎《たろう》のやつ、たのしそうだな。さっき、先生《せんせい》がいっていた、ともだちがやってきてたのしいっていうのは、こっちがたのしいんじゃなくて、ともだちがたのしいってことじゃないかな。まあ、人間《にんげん》じゃなくて、子牛《こうし》がいったことだから、そのへんのことはいいかげんなのかもしれない。しかし、外《そと》にでると、いろいろなことがあるなあ。先生《せんせい》がしゃべる子牛《こうし》の話《はなし》をしたり、にやにやしているともだちにあったり……。

そこで、一郎《いちろう》くんは、はたと思《おも》いあたりました。

〈犬《いぬ》も歩《ある》けば棒《ぼう》にあたる〉っていうのは、災難《さいなん》にあうという意味《いみ》と幸運《こううん》にあうという意味のふたつの意味があるんじゃなくて、いろんなことにあうっていうことなんじゃないだろうか……、って。

それじゃあ、おあとがよろしいようで……。

え？ なんですって、これ、らくごだろって？ そうですよ。

え？ じゃあ、なんでおちがないんだって？

あ、おちね。わすれてました。しつれいいたしました。おちですよね。おち。もちろん、ありますよ。おちでしょ？ おちですよね。

え？ いま、考《かんが》えてるんだろって？ ちがいますよ。おちははじめからあるんです。なにしろ、らくごですからね。ええと、ですね。

あ、そうそう……。

この〈犬《いぬ》も歩《ある》けば棒《ぼう》にあたる〉っていうことわざにでてくる動物《どうぶつ》は、もちろん犬です。犬っていえば、猿《さる》とは仲《なか》がわるいってことで有名《ゆうめい》ですよね。仲のわるいのを〈犬猿《けんえん》の仲《なか》〉なんていってね。これも、ことわざです。

それでね、犬《いぬ》のことわざだけ問題《もんだい》にして、猿《さる》のことわざをむしすると、猿がひがみますからね。ひとつ、紹介《しょうかい》いたしましょう。

とくいなことで失敗《しっぱい》することを〈猿《さる》も木《き》から落《お》ちる〉っていうんです。

猿は木のぼりがうまいんです。それなのに、木から落ちることがあるってね。〈河童《かっぱ》の川《かわ》ながれ〉とか、〈弘法《こうぼう》にも筆《ふで》のあやまり〉な

わっ
あれ〜
わ〜
わ〜
わけわかんない……

んていうのも同《おな》じです。河童《かっぱ》はおよぎがうまいから、川《かわ》でながされたりしないはずだし、弘法大師《こうぼうだいし》は字《じ》がうまいから、書《か》きそんじるなんてことはないはずだが、それでも、ときには失敗《しっぱい》することがあるってことですよ。

おわかりになりましたか？〈猿《さる》も木《き》から落《お》ちる〉ですよ。

でも、犬《いぬ》は木《き》にのぼったりしませんから、木から落ちることもないんです。

ですから、おちないってね。犬は木から落《お》ちない。犬のはなしにはおちがないってね。おちがないのが、このはなしのおちなんです。

それでは、こんどこそ、おあとがよろしいようで……。

二

# 二階《かい》から目《め》ぐすり

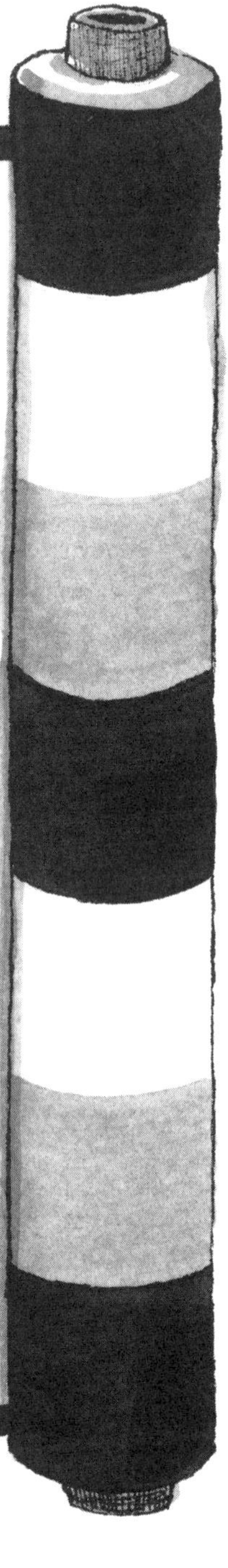

## 意味《いみ》

二階《かい》にいて、下《した》の階や、地上《ちじょう》にいる人《ひと》に目《め》ぐすりをさすように、遠《とお》まわりでもどかしいこと。また、ききめがないこと。

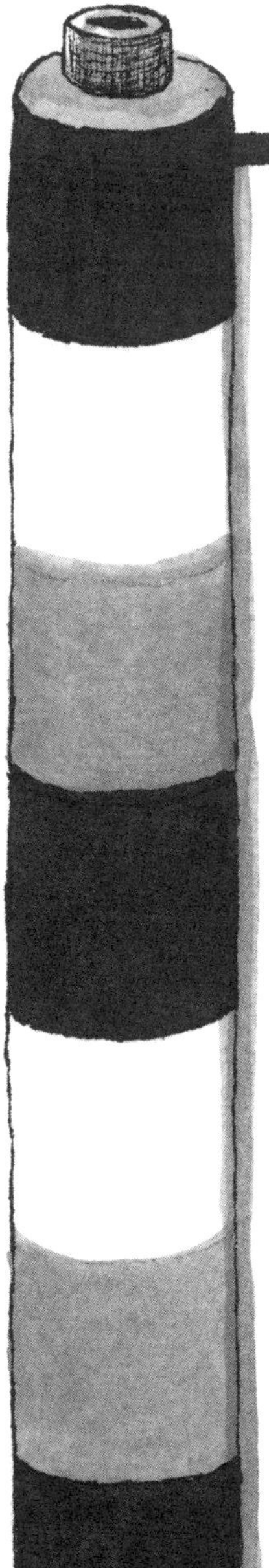

## 使《つか》い方《かた》

きょうの朝《あさ》ごはんに、パンを食《た》べたいからって、これからパン焼《や》き器《き》を買《か》いにいくなんて、二階《かい》から目《め》ぐすりだよ。

ええ、わたくし、西東亭《さいとうてい》ひろし丸《まる》のはなしの少年《しょうねん》の主人公《しゅじんこう》というと、ごぞんじ、一郎《いちろう》くんなのでありますが、この一郎くん、学校《がっこう》で女《おんな》の子《こ》がおしゃべりをしているとき、べつに立《た》ち聞《ぎ》きしようと思《おも》ったわけじゃないんですが、ひとりの子《こ》が、

「うちのパパったら、おひるに、きゅうにパンが食《た》べたいなんていいだして、いきなりでかけていって、電気屋《でんきや》さんでパン焼《や》き器《き》を買《か》ってきたの。そんなの、二階《かい》から目《め》ぐすりよね。」

といったのをきいたんですな。でも、電気屋さんにパン焼き器を買いにいくのが、どうして〈二階から目ぐすり〉なのか、わからなかったんです。

その場《ば》で、

「え、なに、なに？　お父《とう》さんが電気屋《でんきや》さんでパン焼《や》き器《き》を買《か》ってくると、だれかの目《め》に目ぐすりをささないといけないの？」

なんてきいたら、横目《よこめ》で見《み》られ、

「なにいってるのよ、一郎《いちろう》くん。あんた、なにも知《し》らないのね。そういうのを無教養《むきょうよう》っていうのよ。」

なんていわれそうです。

　せっかく学校《がっこう》にいるんですから、職員室《しょくいんしつ》にいって、先生《せんせい》に、

「先生《せんせい》。〈二階《かい》から目《め》ぐすり〉ってなんですか？」

ってきけばいいんですが、そんなことをしたら、先生に、

「〈二階から目ぐすり〉？　なんで、そんなことをききにきたんだ。」

なんていわれ、女《おんな》の子《こ》たちのおしゃべりをきいてしまったことから話《はな》さなければならないし、そうなると、

「一郎《いちろう》。おまえ、人《ひと》の話《はなし》をそばできいてるなんて、そりゃあ、あんまりいいことじゃないぞ。」

とかいわれそうです。

かといって、国語辞典《こくごじてん》でしらべるのはめんどうくさいしっていうんで、けっきょく、そのときはわからないままにしてしまったんですな。

でも、うちに帰《かえ》ってきて、そのことを思《おも》いだし、きゅうにまた

〈二階《かい》から目《め》ぐすり〉の意味《いみ》が気《き》になってきたんです。

けれども、お父《とう》さんはサラリーマンですから、平日《へいじつ》はうちにいません。

お母《かあ》さんも、このごろスーパーでパートをはじめて、夕方《ゆうがた》にならないと帰《かえ》ってきません。そこでとうとう、辞典《じてん》でしらべることにしたのですが、こういうときにかぎって、というか、ふだん、国語辞《こくごじ》典《てん》なんかつかわないから、本《ほん》だなをさがしても、どこにあるのか、また、あるのか、ないのか、わからないというしまつ。

こうなったら、インターネットで検索《けんさく》してやれと思《おも》い、お父《とう》さんのパソコンをさがしたんですが、どうやら、お父さんが会社《かいしゃ》にもっていってしまったらしく、これもみつかりません。

こうなってくると、ますます〈二階《かい》から目《め》ぐすり〉の意味《いみ》が気《き》になってきます。

そこで、一郎《いちろう》くんはともだちの太郎《たろう》くんに電話《でんわ》をしました。

「もしもし、太郎か？　おれ、一郎。ちょっとききたいことがあるんだけどな。」

「なんだよ。いま、再放送《さいほうそう》の刑事《けいじ》ドラマを見《み》てるんだから、手《て》みじかにしてくれよ。」
「手みじかにするって、そんなこといわれてもむりだ。手なんか、長《なが》くなったり、みじかくなったりしないよ。ゴムでできてるんじゃないんだから。」
「なに、いってるんだよ。手みじかっていうのは、かんたんにってことだ。ま、いいから、いってみろよ。」

「うん。あのさ、〈二階《かい》から目《め》ぐすり〉ってなんだ？」

太郎《たろう》くん、手《て》みじかにしろって、じぶんでいったくせに、ここでいっしゅん、だまりこんでしまったんです。なぜなら、太郎くんも、〈二階《かい》から目《め》ぐすり〉の意味《いみ》を知《し》らなかったからです。でも、知らないなんていうのはくやしいので、

「そりゃあ、一郎《いちろう》、あれだよ……。」

といっておいて、考《かんが》える時間《じかん》をかせぐことにしました。

あれじゃあわかりませんから、一郎くんは
もちろん、

「あれって？」

とききかえします。

「あれっていうのは、あれだ。」

「だから、そのあれっていうのは、なんだよ。」

「うん。あれっていうのは、あれだから、それじゃない。」

「あれっていうのがそれじゃないって、おまえ、なにいってるんだよ。刑事《けいじ》ドラマ見《み》ていて、手《て》みじかにしたいんだろ。だったら、さっさとおしえろよ。」

「なんだ、おまえ。その『さっさとおしえろよ』っていうのは。それ、人《ひと》にものをきくときの態度《たいど》か？」

「わかったよ。わるかったよ。」

「わかればいい。」

「わかればいいって、〈二階《かい》から目《め》ぐすり〉はまだわからないよ。なんだ、〈二階から目ぐすり〉って？」

「だから、それはあれだ。」

「おい、太郎《たろう》。おまえ、おれのことばかにしてるだろ。おまえ、いま、あれはそれじゃないっていったばかりで、こんどはそれはあれだって、それ、おかしくないか。」

「あ、そうか。だけど、いま、あれがそれかどうかってことが問題《もんだい》なんじゃないよな。〈二階《かい》から目《め》ぐすり〉の意味《いみ》だろ。ところで、それ、どこできいたんだ。」

「学校《がっこう》だよ。女子《じょし》がいってた。」

「女子って、だれだ？」

「ええとね、たしか、木村《きむら》だったかな。」

「木村って、木村さやかか？」

「うん。」

「それなら、わかった。」

「それならって、いったのが木村《きむら》さやかだと、どうして、〈二階《かい》から目《め》ぐすり〉がわかるんだよ。」

「そりゃあ、どんなことばだって、いった人間《にんげん》によって、意味《いみ》がちがってくるからな。」

「そうかな。」

「そうさ。木村《きむら》んちはけっこう大《おお》きいんだ。庭《にわ》つきの一軒家《いっけんや》で、三階建《がいだ》てだ。」

「なんで、おまえ、そんなこと知《し》ってるんだ。」

「え……。」

と口《くち》ごもった太郎《たろう》くん。

どうして、ここで太郎くんが口ごもったかというと、じつは太郎くん、木村《きむら》さやかさんのことが、まえからすきだったんですね。そ

れで、どんなところに住《す》んでいるのかななんて、住所《じゅうしょ》をたよりに見《み》にいったことがあるんです。でも、そんなこと、一郎《いちろう》くんにはいえませんから、

「おまえ、いまおまえが知《し》りたいのは、おれがどうして、木村《きむら》さやかの家《いえ》が三階建《がいだ》てだってことを知っているか、ということなのか、それとも、〈二階《かい》から目《め》ぐすり〉の意味《いみ》なのか、どっちだよ。」

とごまかすと、一郎《いちろう》くんは、太郎《たろう》くんがなぜ木村《きむら》さやかさんのうちのことを知《し》っているのかよりも、いまは〈二階《かい》から目ぐすり〉のほうがだいじですから、

「そりゃあ、〈二階《かい》から目《め》ぐすり〉のほうだ。」

と答《こた》えました。

するとき、太郎《たろう》くんはこういいました。

「木村《きむら》さやかんちの場合《ばあい》、くすり箱《ばこ》は二階《かい》にあるんだな、たぶん。それで、テレビは一階にあるとするだろ。それで、だれかがテレビを見《み》すぎて、目《め》がつかれたものだから、じぶんで二階にいって、目ぐすりをもってきたか、ほかのだれかにもってきてもらい、それを目《め》にさしたってことだ。きっと、木村《きむら》さやかのお姉《ねえ》ちゃんがさやかに、二階《かい》から目ぐすりをもってきてくれって、たのんだんだろ。」

「木村さやかって、お姉さんがいるのか？」

じつは、太郎《たろう》くん、木村《きむら》さやかさんには、中学生《ちゅうがくせい》のお姉《ねえ》さんがいて、このお姉さんもまた、木村さやかさんと同《おな》じで、けっこうかわいいということまでしらべあげてあったのですが、そんなことはいえません。

太郎《たろう》くん、しどろもどろになって答《こた》えました。

「いや、かりに、お姉《ねえ》さんがいたらってことだ。おまえが、お姉さんじゃ、いやだっていうなら、べつに、おじいさんでも、おばさんでも、なんなら、ジャーマンシェパードのハンスでもいい。」

「ジャーマンシェパードのハンスって、なんだ、それ？　ジャーマ

ンシェパードって、よく警察犬《けいさつけん》になってる種類《しゅるい》の犬《いぬ》だろ。どうして、ジャーマンシェパードがでてくるんだ。しかも、名《な》まえまでついてるなんて。」

じつをいうと、木村《きむら》さやかさんのうちは、庭《にわ》もけっこうひろくて、ハンスっていう名《な》まえのジャーマンシェパードを飼《か》っているんです。そのことも、太郎《たろう》くんはしらべてあったのです。

太郎くん、ハンスのことを口《くち》にだしてしまい、しまったと思《おも》ったのですが、ここはもう、ごまかしとおすしかありません。

「だから、それもたとえばだ。べつに、ジャーマンシェパードのハンスじゃなくても、ブルドッグのジョンでもいいよ。」

「わかったよ。じゃあ、そのブルドッグのジョンが、木村《きむら》さやかに、『二階《かい》から目《め》ぐすりをもってきてくれ。』って、そうたのんだのか？

そりゃあ、へんだろ。もしかして、おまえ、ほんとは……。」

と一郎《いちろう》くんにいわれ、そのあと、

「おまえ、木村《きむら》さやかのうちの犬《いぬ》がブルドッグのジョンじゃなくて、ジャーマンシェパードのハンスだっていうこと、知《し》ってるんだろ？」

と問《と》いつめられるんじゃないか、そうなったら、ついには、

「あーっ！　おまえ、木村《きむら》さやかのこと、すきなんだな。だから、いろいろ知《し》ってるんだろ？」

といわれてしまうんじゃないかと、太郎《たろう》くんは
そう思《おも》ったんですな。

そこで、太郎くんは、

「あ、犯人《はんにん》がつかまる。ここから、ドラマ、いいところだから、わるいけど、電話《でんわ》きるぞ。」

といって、一方的《いっぽうてき》に電話《でんわ》をきってしまいました。

一郎《いちろう》くんは、

「おまえ、ほんとは、〈二階《かい》から目《め》ぐすり〉の意味《いみ》、知《し》らないんだろ？」

といおうとしたのですが、そのまえに電話《でんわ》をきられ、やっぱりあいつ知《し》らないんだと思《おも》い、こうなったら、たよれるのはじぶんしかいないと、いまさらながらに気《き》づいたわけです。

それで一郎《いちろう》くんは、〈二階《かい》から目《め》ぐすり〉の意味《いみ》を知《し》るためには、じっさいに実験《じっけん》してみるのがいちばんだと思《おも》いました。

ところが、一郎くんのうちには、目ぐすりはあるのですが、二階がないんです。

一階《かい》しかない建物《たてもの》を平屋《ひらや》っていいますが、一郎《いちろう》くんのうちが平屋

かっていうと、そうじゃありません。じゃ、どうして二階《かい》がないのかっていうと、一郎《いちろう》くんのうちはマンションの五階なんです。一郎くんが住《す》んでいるのが五階ですから、もちろん、そのマンションには二階《かい》がありますが、そこは一郎くんのうちじゃありません。ですから、一郎《いちろう》くんのうちには二階はないということになります。

　そこでどうしたかというと、一郎くんはくすり箱《ばこ》から目《め》ぐすりをだしてくると、それをもって、近所《きんじょ》に住《す》んでいるおじいちゃんのうちにいったのです。

え？　おじいちゃんに、〈二階《かい》から目《め》ぐすり〉の意味《いみ》をききにいったのかって？

そうじゃありません。じつは、一郎《いちろう》くんのおじいちゃんは、知《し》らないことをきかれると、知らないっていわずに、いいかげんなことをおしえるところがあるのです。

このあいだも、一郎《いちろう》くんが、

「ねえ、おじいちゃん。どうして宇宙《うちゅう》には空気《くうき》がないの？」

ってきいたら、おじいちゃん、なんて答《こた》えたと思《おも》います？

「どうして、宇宙《うちゅう》に空気《くうき》がないかって？　おまえ、地上《ちじょう》にあるものが宇宙《うちゅう》にないのはへんだと思《おも》うわけだな。なかなかいいところに目《め》をつけたな。さすがに、わしの孫《まご》だ。」

とまえおきをしてから、こういったのです。

「じつは、むかしは宇宙《うちゅう》にも空気《くうき》があった。だが、空気にも、重《おも》いのと軽《かる》いのがあってな。ほら、よく、みんながあつまって、なんとなく暗《くら》い気分《きぶん》のとき、〈重《おも》い空気《くうき》がながれた〉なんていうだろ？あれだ。重いのがあるくらいだから、軽《かる》いのもある。それで、重い空気は、なにしろ重《おも》いから、地球《ちきゅう》に落《お》ちてきた。だから、地球には空気があるんだ。」

それをきいて、一郎《いちろう》くん、どうもおか

しいとは思《おも》いましたが、いちおうきいてみました。

「じゃあ、軽《かる》いほうは？」

「軽いほう？　そりゃあ、おまえ。軽い空気《くうき》は、なにしろ軽いから、どこかにとんでいってしまったんだ。いまごろは、火星《かせい》あたりだろうな。」

「どうして、火星なの？」

「だって、火星《かせい》は火《ひ》の星《ほし》だ。火がもえるには空気《くうき》がひつようだからな。」

それで、一郎《いちろう》くんは、おじいちゃんがてきとうなことをいってるのがわかったのです。火星《かせい》が火《ひ》の星《ほし》じゃないことは、いくら一郎くんでも知《し》っていたからです。

そんなわけですから、一郎《いちろう》くんはおじいちゃんにはきかずに、

「ちょっと、ベランダにいくよ。」

と声《こえ》をかけ、二階《かい》のベランダにあがっていきました。

ベランダの真下《ました》には、花《はな》の鉢《はち》がいくつかならんでいます。

そのうちのひとつに、きいろいチューリップがうえてあります。

一郎《いちろう》くんは、そのチューリップの花めがけて、ベランダから目《め》ぐすりを一《いっ》てき、落《お》としてみました。

落ちていった目ぐすりは、植木鉢《うえきばち》にかすりもしませんでした。

これはなかなかむずかしいかもしれないと、一郎《いちろう》くんは思《おも》いましたが、あきらめません。

ねらいをさだめて、二てきめ、三てきめとつづけて落《お》とすと、だんだん、植木鉢《うえきばち》のちかくに落ちるようになり、とうとう八てきめに、チューリップの花《はな》のなかに落ちたのです。

一郎《いちろう》くんはすぐに一階《かい》におりて、庭《にわ》にでました。そして、チューリップの花をのぞくと、なんと、めしべがぬれているではありませんか。

一郎《いちろう》くんが落《お》とした八てきめがめしべにあたったのです！

チューリップのめしべは、人間《にんげん》の目《め》より小《ちい》さいですから、そこに人間がいて、上《うえ》を見《み》ていれば、落《お》とした目ぐすりが目に入《はい》ることは、じゅうぶんにありえます。

一郎《いちろう》くんは思《おも》いました。

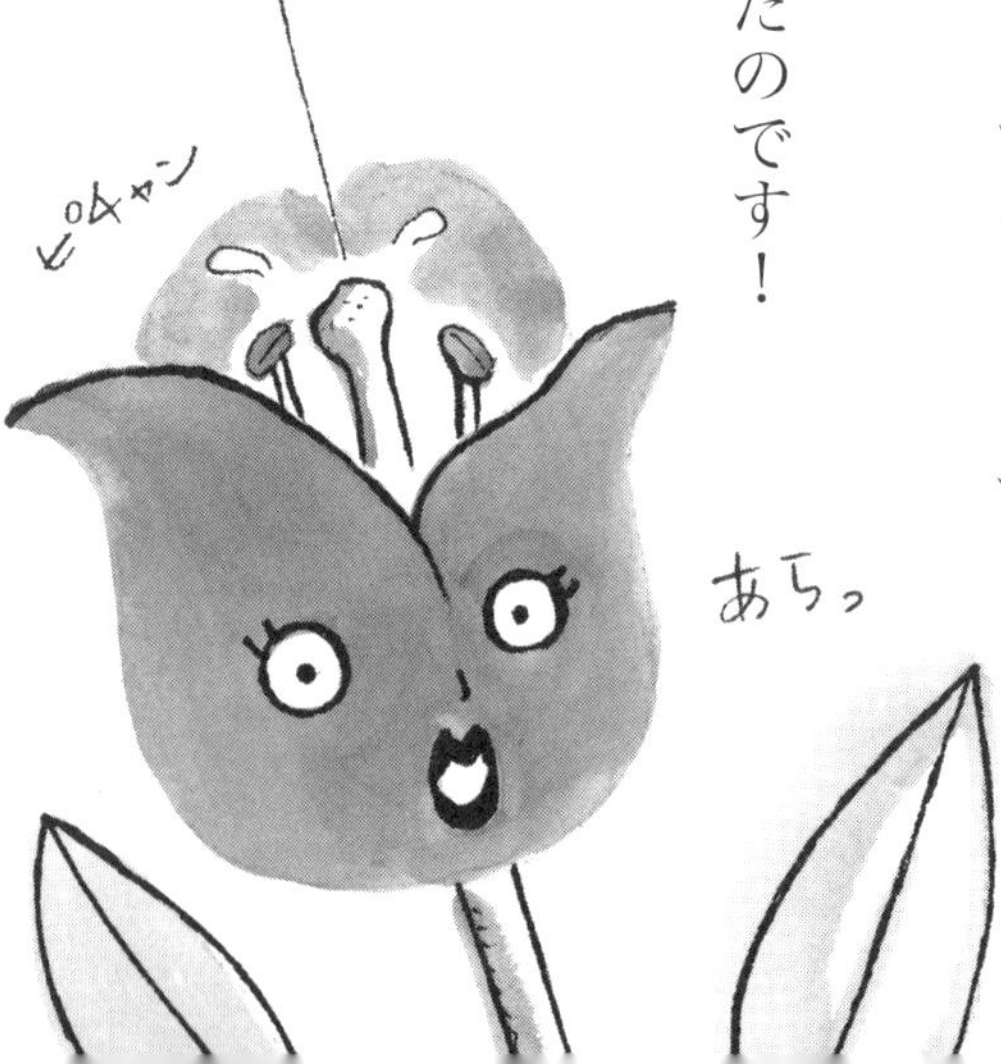

そうか、わかったぞ！〈二階《かい》から目《め》ぐすり〉の意味《いみ》は、最初《さいしょ》はうまくいかなくても、あきらめずになんどもやれば、そのうちうまくいくということだ！

それなら、木村《きむら》さやかさんの、

「うちのパパったら、おひるに、きゅうにパンが食《た》べたいなんていいだして、いきなりでかけていって、電気屋《でんきや》さんでパン焼《や》き器《き》を買《か》ってきたの。そんなの、二階《かい》から目《め》ぐすりよね。」

とはどういう意味《いみ》になるのか？

もちろん、お父《とう》さんがパン焼《や》き器《き》を買ってくると、だれかの目がものもらいになるなんていう意味《いみ》ではないのです。

一郎《いちろう》くんはわかりました。

パン焼《や》き器《き》なんて、テレビや冷蔵庫《れいぞうこ》とちがい、あまり買《か》う人《ひと》がいないから、どこの電気屋《でんきや》さんにだってあるっていうものじゃないんだ。木村《きむら》さやかのお父《とう》さんは、どうしてもじぶんがつくったパンを食《た》べたくて、なんけんも電気屋さんをまわり、八けんめくらいにとうとうパン焼《や》き器《き》を売《う》っている電気屋《でんきや》さんにたどりつき、そこでパン焼き器を買《か》って、うちに帰《かえ》り、パンをつくって食《た》べたにちがいない！

そうだ。〈二階《かい》から目《め》ぐすり〉を四字熟語《よじじゅくご》であらわせば、〈初心貫徹《しょしんかんてつ》〉だな。

一郎《いちろう》くんは大《おお》きくうなずいて、うちに帰《かえ》ったということです。

けれども、一郎くんの〈二階《かい》から目《め》ぐすり〉の意味《いみ》しらべ自体《じたい》が〈二階から目ぐすり〉だったかもしれませんなあ……。

# 三 月《つき》夜《よ》に釜《かま》をぬかれる

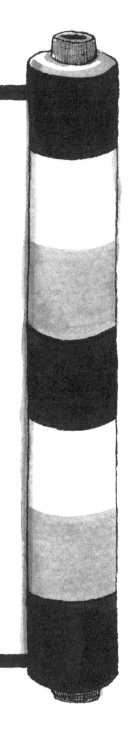

## 意《い》味《み》

あかるい月夜《つきよ》だから、どろぼうなんて入《はい》らないだろうと思《おも》っていたら、台所《だいどころ》から釜《かま》をぬすまれたということで、すごくゆだんしたり、不注《ふちゅう》意《い》きわまること。

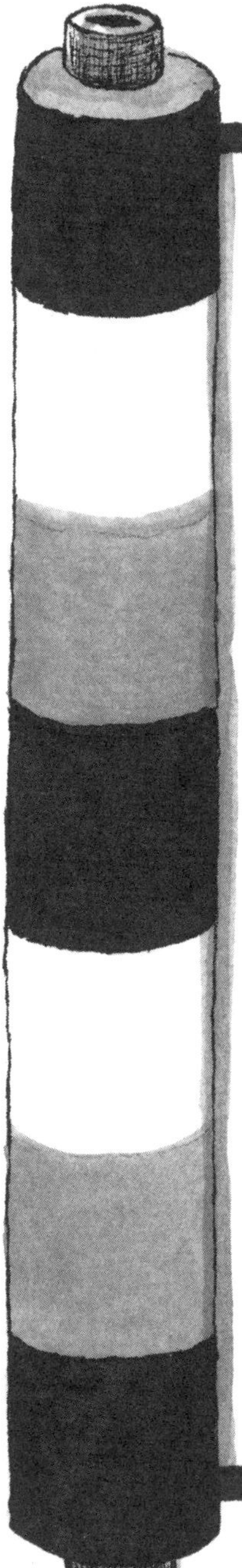

# 使《つか》い方《かた》

テストのまえ、どうせかんたんな問題《もんだい》しかでないだろうと思《おも》い、ゆだんして、まるで勉強《べんきょう》しないでいたら、むずかしいのばかりでて、〈月《つき》夜《よ》に釜《かま》をぬかれる〉だったよ。

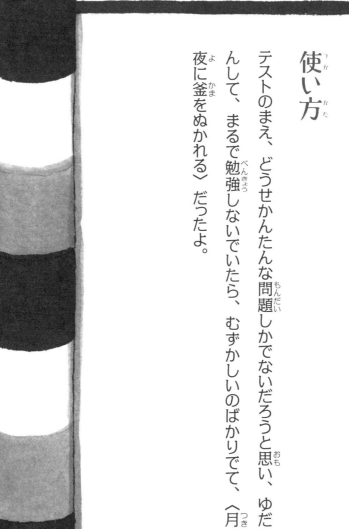

ええ、ひとくちにことわざともうしましても、たとえば、〈二度《ど》あることは三度ある〉のように、べつに説明《せつめい》をきかなくても、おおよその意味《いみ》はけんとうがつくものもありますが、たとえば、〈月夜《つきよ》に釜《かま》をぬかれる〉なんていうのになると、はじめてきいたら、なんじゃそれですよ。

ぬかれるというのは、なかに入《はい》っているものをもっていかれるとか、ぬすまれるとかいうことです。

それからですね、むかしの釜《かま》は、いまみたいなガスや電気《でんき》の炊飯《すいはん》器《き》じゃなくて、かまどの上《うえ》にすっぽりと、はめられていたんです。

かまどというのは、土《つち》や石《いし》やれんがでできていて、上《うえ》にあながあり、そのあなに鍋《なべ》や釜《かま》をかけ、下《した》で火《ひ》をたくものです。むかしは台所《だいどころ》に、土《ど》足《そく》で歩《ある》ける土間《どま》があって、かまどがそこにありました。

　そのかまどのあなに、はまっている釜《かま》をですね、くらやみでならともかく、あかるい月夜《つきよ》に、かまどの上《うえ》のあなからぬかれて、ぬすまれるとはなにごとだということで、このことわざは、たいへんな不用心《ぶようじん》のたとえです。

　だけど、台所《だいどころ》に入《はい》ってきて、釜《かま》をぬすんでいくって、どういうことだ？

釜《かま》って、そんなに高《たか》いのか？　と、そう思《おも》うでしょ。釜は鉄《てつ》でできていますから、高いには高いんですが、釜をぬすまれるということは、なかに入《はい》っているごはんももっていかれるってことですからね。やはり、食《た》べものをぬすまれるっていうのは、場合《ばあい》によっては命《いのち》にかかわりますからねえ……。

とにかく、現代《げんだい》は夜《よる》だって、電気《でんき》であかるいし、月夜《つきよ》だからあかるいっていう、そういう感《かん》じはあんまりなくなっています。

釜《かま》をぬかれるっていったら、釜のそこをなにかでガンガンたたかれて、そこぬけにされてしまうっていう意味《いみ》だと思《おも》っちゃいますよ。

これが月夜《つきよ》におこったたっていうことはですね、ほら、ぶんぶく茶《ちゃ》釜《がま》っているじゃないですか、たぬきがばけたやつですよ。あいつがですね、月夜にうかれて、

「つん、つん、月夜《つきよ》だ。みんなでて、こい、こい、こい！」

なんて、なかまのたぬきと大《おお》はしゃぎをしていたんですな。それで、なかまがじぶんで腹《はら》づつみをうつだけではなく、ついでに、ぶんぶく茶釜《ちゃがま》のおなかをポンポンたたき、ちょうしにのってたたきすぎて、ぶんぶく茶釜《ちゃがま》のたぬきのおなか、つまり、茶釜のそこがぬけたんだって、そういうことだと思《おも》っちゃいますよ、ふつう。

そうなると、これは、いいことがあっても、あんまりうかれすぎると、たいへんなことになるっていう意味《いみ》になりますね。〈勝《か》ってかぶとの緒《お》をしめよ〉みたいなね。

あ、これ、〈勝《か》ってかぶとの緒《お》をしめよ〉っていうのは、戦《たたか》いに勝《か》っても、気《き》をゆるめて、かぶとをぬいだりせず、いつ敵《てき》が逆襲《ぎゃくしゅう》してきてもいいように、かぶとのひもはしっかりしめておかなくちゃいけないってことです。勝っても、気持《きも》ちをひきしめていろってことですね。ゆだんはいけないってことで、〈月夜《つきよ》に釜《かま》をぬかれる〉にちかい意味《いみ》になりますかね。

それにしても、〈月夜に釜をぬかれる〉は、むずかしいことわざです。

だけど、こういうことわざにかぎって、国語《こくご》の問題《もんだい》にでたりしてね。ことわざなんて、どうせ、〈猿《さる》も木《き》から落《お》ちる〉みたいな、かんたんなやつしかでないだろうと思《おも》ってゆだんして勉強《べんきょう》しないでいると、〈月夜《つきよ》に釜《かま》をぬかれる〉が出題《しゅつだい》されて、まさに〈月夜に釜をぬかれる〉で、点数《てんすう》がとれないなんてことになるんです。だから、しっかり勉強《べんきょう》しておかないといけないんです。

意味《いみ》がわかりにくいってことでは、〈ゆうれいの浜風《はまかぜ》〉ということわざの意味も、説明《せつめい》をきかないとわかりませんね。いや、説明をきいたって、わからないかも。

まず、ゆうれい。これはわかります。

「うらめしや……。」

ってやつです。

それから、浜風《はまかぜ》。これは浜辺《はまべ》にふく風《かぜ》です。

ゆうれいも浜風《はまかぜ》もむずかしいことばではないのに、〈ゆうれいの浜風〉というふうに、《の》でつながると、まるで意味《いみ》がわからなくなりますな。

ふつうに考《かんが》えると、このゆうれいは船《ふな》ゆうれいかなにかで、こいつがビュービューと浜辺《はまべ》に風《かぜ》をふかせるのが〈ゆうれいの浜風《はまかぜ》〉で、なにしろゆうれいがふかせる風ですから、おそろしくて、身《み》もこおるほどだということで、どういうふうにこのことわざをつかうかというと、こんなふうになりますな。

「このあいだ、いたずらをしたら、校長室《こうちょうしつ》によ

ばれちゃったんだ。ゆうれいの浜風《はまかぜ》っていうのは、ああいうことだよ。校長先生《こうちょうせんせい》にものすごくしかられて、ほんと、こわかったよ。」

と、まあ、こんなふうにつかう……と思《おも》ったら、そうじゃないんです。

〈ゆうれいの浜風《はまかぜ》〉っていうのはですね、ゆうれいが浜にふく強《つよ》い海風《うみかぜ》にふきとばされそうになっているようすのことで、つまり、元気《げんき》がなくて、まるっきり迫力《はくりょく》がないようすのことなんです。ですから、正《ただ》しい使《つか》い方《かた》はこうなります。

「このあいだ、いたずらをしたら、校長室《こうちょうしつ》によばれちゃったんだ。だけど、校長先生《こうちょうせんせい》、なんだ

か知《し》らないけど、ぜんぜん元気《げんき》がなくてさ。しかってるって感《かん》じがまるでしなかったね。迫力《はくりょく》がなくて、〈ゆうれいの浜風《はまかぜ》〉だったよ。」

　ところで、ゆうれいといえば、一郎《いちろう》くんですけれど、一郎くんって、まるでゆうれいをこわがらないんです。そのてん、太郎《たろう》くんは、おばけやゆうれいが大《だい》きらいっていうか、ものすごくこわがります。

　このごろのテーマパークって、絶叫《ぜっきょう》マシンとかいって、ものすごいジェットコースターがあるでしょ。そういうのにのって、ものすごいいきおいで急降下《きゅうこうか》しているときなんか、太郎《たろう》くん、アニメ映画《えいが》の悪役《あくやく》みたいに、

「ワッハッハッハア……。」

ってわらって、大声《おおごえ》で、

「カモーン！」

とか、わめいているんです。

それで、終点《しゅうてん》までくると、

「もういっちょう！」

とかいって、いそいでジェットコースターからおり、もう一度《ど》のるために、行列《ぎょうれつ》にならぶんです。

太郎《たろう》くんというのは、それくらい元気《げんき》がありましてね。まるで、こわいもの知《し》らずみたいに見《み》えるでしょ。でも、ちがうんです。

太郎くん、ゆうれい屋敷《やしき》のアトラクションがぜんぜんだめなんです。コースを歩《ある》いていくやつはもちろん、トロッコみたいなのにのっていくやつだって、だめです。

のるまえから、顔《かお》は青《あお》ざめていますし、のってから、もどってくるまで、ちぢこまり、両手《りょうて》で耳《みみ》をふさいで、目《め》はつぶったままです。

ジェットコースターのときは、あんなに元気《げんき》だったのに、ゆうれい屋敷《やしき》からでてきたときには、〈青菜《あおな》に塩《しお》〉で、なさけないくらいにぐったりしています。

〈青菜に塩〉というのは、元気《げんき》だったのがすっかりしょげかえるという意味《いみ》のことわざですが、そういえば、〈ゆうれいの浜風《はまかぜ》〉に似《に》ていますね。〈青菜《あおな》に塩《しお》〉のほうがずっとわかりやすいですけど。

ゆうれいは太郎《たろう》くんにとって、〈弁慶《べんけい》の泣《な》きどころ〉ってことですな。

弁慶《べんけい》っていうのは、ごぞんじ、武蔵坊弁慶《むさしぼうべんけい》のことです。ひざの下《した》のむこうずねは、うたれると、ものすごくいたくて、けられたりすると、さすがの豪傑弁慶《ごうけつべんけい》もいたがってなみだをながすっていうことで、むこうずねのことを〈弁慶の泣《な》きどころ〉っていう

おい
こらっ
どこを見《み》て
おるっ
あたり
泣

んですが、このことばは弱点《じゃくてん》みたいな意味《いみ》で、ことわざにも、つかわれているんですな。

弁慶《べんけい》といえば、つかえていた主人《しゅじん》は源義経《みなもとのよしつね》で、正式《せいしき》には源《みなもとの》九《く》郎判官義経《ろうほうがんよしつね》っていうんですけどね、この人《ひと》、お兄《にい》さんの源頼朝《みなもとのよりとも》といくさになって、負《ま》けてしまいます。

むかしから、日本人《にほんじん》っていうのは、弱《よわ》いほうに味方《みかた》する気持《きも》ちが強《つよ》く、そういう気持ちをことわざで、〈判官《ほうがん》びいき〉っていうんです。判官は、はんがんとも読《よ》むんですが、〈判官びいき〉というときは、ほうがんのほうがいいみたいです。

義経《よしつね》は頼朝《よりとも》の軍勢《ぐんぜい》におわれて、どんどんにげますが、岩手県《いわてけん》をながれている衣川《ころもがわ》の戦《たたか》いで、弁慶《べんけい》は義経をにがすために、橋《はし》の上《うえ》で敵《てき》のまえに立《た》ちはだかり、無数《むすう》の矢《や》をうけ、なぎなたを杖《つえ》にして、立《た》ったまま死《し》にます。つまり、立《た》ち往生《おうじょう》です。立ったまま死んだので、敵《てき》は弁慶《べんけい》がまだ生《い》きていると思《おも》い、こわくて、なかなか橋《はし》をわたれず、それで、時間《じかん》かせぎができて、義経《よしつね》はにげることができたんです。

それでね、〈弁慶《べんけい》の立《た》ち往生《おうじょう》〉っていうことわざがあって、これは、そのときのようすをいったものですけど、まえにもいけず、うしろにもさがれずっていうような、進退《しんたい》きわまったことをあらわす

ことわざになってます。

だけどね、これ、わたしとしては、意《い》味《み》がまちがっていると思《おも》うんですよ。

べつにね、弁慶《べんけい》はにげることができなくて、立《た》ち往生《おうじょう》したわけじゃないでしょ？　にげようと思《おも》えば、にげることができたのに、ちょっとでも遠《とお》くに主人《しゅじん》の義経《よしつね》をにがそうと、橋《はし》の上《うえ》でがんばって、立《た》ち往生《おうじょう》したのに、そのようすをですね、まるで、こまりきって、うごけなくなった人《ひと》みたいにいうのは、どんなもんでしょうかねえ。

まあ、こういう話《はなし》っていうのは、物語《ものがたり》になっていて、ほんとうだったかどうかはわからないんですが、でも、このときばかりではなく、義経《よしつね》というのは、あちこちで、家来《けらい》に追手《おって》をくいとめさせて、

じぶんはおちのびた、つまり、にげたっていうことがあったのは事《じ》実《じつ》みたいですね。

そういうのって、どうなんでしょうねえ。いくら弱《よわ》いほうの味方《みかた》をするのが日本人《にほんじん》の心《こころ》だっていっても、そういう人《ひと》をひいきにする気《き》にはなれませんね、わたしは！

あれ？　らくごなのに、話《はなし》がみょうなほうにいってしまい、たのしい気分《きぶん》じゃなくなっちゃいましたね。

じゃあ、このへんにしておきましょうか。

それじゃあ、おあとがよろしいようで……。

え？　なんですって、へんなところでやめるな、ですって？　らくごなんだから、せめておちくらいいえって？

わかりましたよ。　いいますよ。

ううむ……。

ええと……。

いやあ……。

え？　なんです？　早《はや》くおちをいえって？　いま考《かんが》えてるんだろうって？

ちがいますよ。ううむ、ええと、いやあといって、おちをいうのをさきのばしにしているだけです。

え？　どうして、早《はや》くしないで、おちをさきにのばすんだって？

そりゃあ、そうですよ。義経《よしつね》だけにおちのびた……ってね。

それでは、こんどこそ、おあとがよろしいようで。

# なさけは人《ひと》のためならず

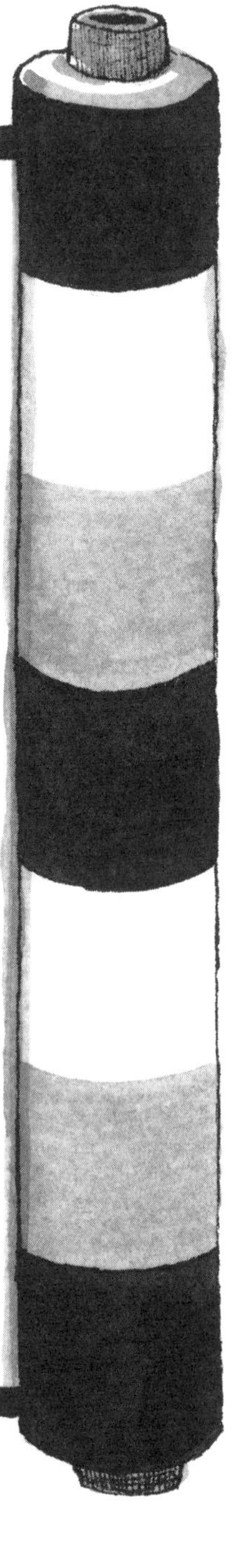

## 意味《いみ》

なさけ、つまり、やさしさやしんせつさというのは、いつかはじぶんにもどってくるから、けっして他人《たにん》のためではない。だから、人《ひと》にはやさしく、しんせつにしたほうがいい。人にやさしくすると、かえってその人のためにならない、という意味《いみ》ではない。

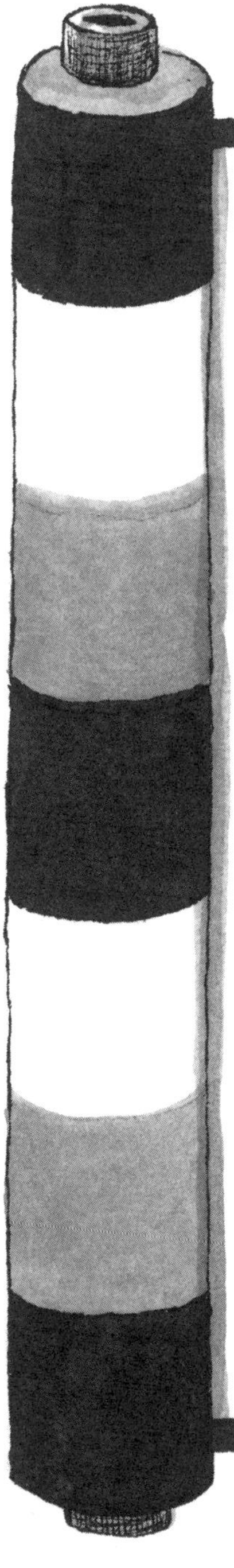

## 使《つか》い方《かた》

ともだちにたのまれて、手紙《てがみ》をとどけにいったら、そこのうちでごちそうになった。なさけは人《ひと》のためならずってことだ。

ええ、〈鶴《つる》は千年《せんねん》、亀《かめ》は万年《まんねん》〉っていうことばがありますが、あれ、ことわざなんですかね。縁起《えんぎ》のいいことばだとされていて、長寿《ちょうじゅ》のおいわいのときなんかに、

「鶴《つる》は千年《せんねん》、亀《かめ》は万年《まんねん》ともうしまして、このたび、ご当家《とうけ》のご隠居《いんきょ》さまは百歳《さい》になられたとのことですが、まだまだこれから……。」

とかいうような、あいさつのことばみたいですが、考《かんが》えてみれば、そのうちの年《とし》よりが百歳《さい》になったことと、鶴《つる》が千年生《せんねんい》きたり、亀《かめ》が一万年生《まんねんい》きることに、どういうかかわりがあるのか、よくわからないわけです。

それからですね。たしかに鶴《つる》は長生《ながい》きのようで、八十年《ねん》くらい生《い》

きるのもいるそうです。それから、亀《かめ》も種類《しゅるい》によっては、たとえばゾウガメなどは、二百年《ねん》ちかく生《い》きているのがいるっていうんです。ほんとうですかね。もし、ほんとうだとしても、〈鶴《つる》は千年《せんねん》、亀《かめ》は万年《まんねん》〉っていうほどじゃありませんよ。〈鶴は百年、亀は二百年〉ですよ、せいぜい。

そう考《かんが》えてくると、ことわざっていうのは、けっこういいかげんだなあと、そう思《おも》っちゃいますよね。

そうそう、このあいだ、関西《かんさい》のかたにうかがったら、〈鶴《つる》は千年《せんねん》、亀《かめ》は万年《まんねん》〉っていうのは、鶴や亀は長生《ながい》きだという意味《いみ》じゃなくて、鶴はなまけもので、亀ははたらきものという意味《いみ》だっていってましたよ。

どうしてかって？　それはですね。たとえば、なかなか骨《ほね》のおれるしごとがあると、〈鶴《つる》はせんねん、亀《かめ》がしまんねん〉ってことだそうで、だからこそ、ねだんも鶴より亀のほうが高《たか》いんですって。〈鶴は千円《せんえん》、亀は万円《まんえん》〉って……。

それでは、おあとがよろしいようで……。

え？　もうおわりかって？

そうですよ。きょうはもうくたびれちゃいましたから、これでおしまいなんです。

え？　そんなの、だめだって？　いくらなんでも、みじかすぎるだろうって？

わかりましたよ。じゃあ、もっと話《はな》しますよ。そのかわり、長《なが》くなっても、知《し》りませんよ。

ええと、なんでしたっけ？　鶴《つる》と亀《かめ》の話《はなし》でしたよね。

鶴《つる》っていえば、『鶴の恩《おん》がえし』っていうむかし話《ばなし》がありますよね。

ほら、けがをした鶴《つる》をたすけたら、その鶴が女《おんな》の人《ひと》のすがたになってやってきて、はたおりをしてくれるっていう話《はなし》です。鶴が小《こ》部屋《べや》でギッコンバッタン、はたおりをするんですけど、ぜったい見《み》ちゃいけないっていう約束《やくそく》なんです。だけど、鶴《つる》をたすけた人《ひと》は、ついのぞいてしまうんです。そうすると、人間《にんげん》じゃなくて、鶴がじぶんの羽《はね》をつかって、きれいな布《ぬの》をつくっていたっていう話《はなし》ですよ。

鶴《つる》は、のぞかれたことに気《き》づき、正体《しょうたい》がばれたからには、もうここ

にはいられないっていって、とんでいってしまうっていう、あれですよ。
そうやって、鶴《つる》は恩《おん》がえしをするけれど、亀《かめ》はどうかっていうと、亀だって恩がえしはするんです。でも、その話《はなし》の題《だい》名《めい》は、『亀《かめ》の恩《おん》がえし』っていうんじゃないんです。『浦島太郎《うらしまたろう》』です。
まさか、『浦島太郎』を知《し》らない人《ひと》はいないと思《おも》いますけど、このごろの小学《しょうがく》生《せい》の無教養《むきょうよう》さときたら、目《め》もあてられないほどですからね。ちょっとお話《はな》しすると、こういう物語《ものがたり》です。

むかし、浦島太郎《うらしまたろう》という漁師《りょうし》がいて、浜辺《はまべ》で子《こ》どもたちにいじめられていた亀《かめ》をたすけてやると、あとでその亀がやってきて、浦島太郎を海底《かいてい》にある竜宮城《りゅうぐうじょう》につれていってくれたのです。竜宮城には、乙姫《おとひめ》さまっていう、めちゃくちゃ美人《びじん》のお姫《ひめ》さまがいて、浦島太郎《うらしまたろう》は乙姫さまのおもてなしをうけて、ウハウハ大満足《だいまんぞく》。でも、いつかあきてしまって、といっても、竜宮城《りゅうぐうじょう》にあきたのか、乙姫《おとひめ》さまにあきたのか、そこんところはさだかでないんですけど、とにかくふるさとにもどりたくなるんです。そうしたら、乙姫《おとひめ》さまはおみやげに玉手箱《たまてばこ》という箱《はこ》をくれて、けっしてあけてはいけないっていうんですね。浦島太郎《うらしまたろう》は亀《かめ》にのって、ふるさとにもどりますが、竜宮城《りゅうぐうじょう》と人間《にんげん》の世界《せかい》では、時間《じかん》のながれかたがちがっていて、竜宮城に、そんなに長《なが》いあいだいたつもりはないのに、人間の世界では何百年《なんびゃくねん》もたっていて、ふるさとには、だれも知《し》っている人《ひと》がいなくなっています。そこで、浦島太郎《うらしまたろう》は玉手箱《たまてばこ》をあけます。すると、玉手箱から もくもく白《しろ》いけむりがでてきて、そのけむりにあたった浦島太郎は たちまちおじいさんになってしまいました……って、そういう話《はなし》です。

ううむ。どうなんでしょうねえ、この話《はなし》。子《こ》どものころ、これをきいたときには、たいして感《かん》じませんでしたが、いま、こうやって、じぶんで話《はな》してみると、これ、けっこう荒唐無稽《こうとうむけい》ですなあ。

あ、〈荒唐無稽《こうとうむけい》〉っていう四字熟語《よじじゅくご》は、証拠《しょうこ》がないし、現実味《げんじつみ》もないっていう意味《いみ》です。

浦島太郎《うらしまたろう》は亀《かめ》にのって、海底《かいてい》にいくんですが、むかしのことですから、酸素《さんそ》ボンベもないし、それに、いきなりふかいところにも

ニューごくらくでん
りゅうぐうじょう
いらっしゃ〜い
うひゃー
ニューごくらく
ようこそ

ぐったら、体《からだ》のぐあいがわるくなります。

まあ、それはおとぎ話《ばなし》だからいいってことにしても、浦島太郎《うらしまたろう》は、タイとかヒラメのおどりを見《み》たってことになっています。それで、いろんなごちそうを食《た》べたってことにもなっているんです。いったい、どんなごちそうなんですかね。まさか、タイやヒラメのおさしみってことは……。

こわいから、ごちそうについては、考《かんが》えるのをやめましょう。

だけど、『浦島太郎《うらしまたろう》』って、亀《かめ》の恩《おん》がえしの話《はなし》じゃないかもしれませんね。だって、亀をたすけたら、ちょっとたのしみはしたけど、けっきょくおじいさんになっちゃったんですからね。

年《とし》なんて、ちょっとずつとるから、まあ、がまんができるんですよ。たとえば、二十歳《さい》くらいの青年《せいねん》がいきなり百歳《さい》くらいの老人《ろうじん》になったら、そりゃあ、ものすごくこまりますよ。あのあと、浦島太《うらしまた》郎《ろう》はいったいどうなったんでしょうね。

こわいから、これも考《かんが》えるのはやめます。

鶴《つる》になさけをかけてたすけた人《ひと》は、いくらかお金《かね》もちになったみたいですが、亀《かめ》になさけをかけた浦島太郎《うらしまたろう》の運命《うんめい》を考《かんが》えると、どうも、〈なさけは人《ひと》のためならず〉ってことにはならないようですなあ。

さて、そんなむかしの話《はなし》はいいとして、ここからは一郎《いちろう》くんの話です。

一郎《いちろう》くんのともだちは太郎《たろう》くんですが、この太郎くん、同《おな》じクラスの木村《きむら》さやかさんっていう女《おんな》の子《こ》のことがすきなんです。でも、太郎くんはまだ、そのことを一郎くんに話《はな》していません。

でも、太郎《たろう》くんにしてみれば、日《ひ》ごろ、いちばんなかよくしている、いわば親友《しんゆう》の一郎《いちろう》くんにひみつにしていることで、気《き》がひけているんです。そこで、いつかはいわなくちゃと思《おも》うんですけど、〈やぶから棒《ぼう》〉に、一郎《いちろう》くんに、

「おれは、木村《きむら》さやかがすきだ！」

っていっても、そういうのは木村さやかさんにいうと、効果《こうか》があるかもしれませんが、一郎《いちろう》くんにいっても、ただびっくりさせるだけですからね。

あ、〈やぶから棒《ぼう》〉っていうのは、こと

わざですよ。やぶのなかからいきなり棒をだすっていうことで、とつぜん、なにかをするっていう意味《いみ》です。

ちょっといっておくと、〈やぶへび〉とはちがいますよ。〈やぶへび〉っていうのは、やぶのなかを棒《ぼう》かなんかでつついたら、へびがでてきたということで、よけいなことをして、わるい結果《けっか》になるっていう意味《いみ》の〈やぶをつついてへびをだす〉ということわざをみじかくしたものです。

〈やぶをつついてへびをだす〉は〈やぶへび〉っていいますが、〈やぶから棒《ぼう》〉は〈やぶ棒《ぼう》〉っていうふうに、みじかくしてはつかわないようです。

まあ、その〈やぶへび〉ですがね。太郎《たろう》くんは、じぶんが木村《きむら》さやかさんをすきだから、一郎《いちろう》くんにも、だれかすきな女《おんな》の子《こ》がいる

のかなと思《おも》い、あるとき、学校《がっこう》の帰《かえ》りに、

「おい、一郎《いちろう》。おまえ、クラスにすきな子《こ》、いるんじゃねえの？」

なんて、いってみたんです。

　これが、〈やぶをつついてへびをだす〉、〈やぶへび〉だったんですね。

「え？　すきな子《こ》？　べつにいないけど。」

一郎《いちろう》くんがそう答《こた》えると、太郎《たろう》くんは、

「ほんとか？」

と一郎くんを横目《よこめ》で見《み》ました。

「いないよ、そんなの！」

　じつは一郎《いちろう》くんは、この人《ひと》！　と、心《こころ》にきめた人がいるのです。

　それは、太郎《たろう》くんがすきな木村《きむら》さやかさんのような、子《こ》どもでは

ありません。おとなです。それは病院《びょういん》の小《しょう》児科医《にかい》の花園《はなぞの》すみれ先生《せんせい》です。

まあ、一郎《いちろう》くんと花園すみれ先生のことについては、わたしの『らくごで笑児科《しょうにか》』で話《はな》されていますから、そちらをどうぞ。

とにかく、一郎《いちろう》くんは、クラスにすきな子《こ》なんていません。

あ、それから、一郎くんは花園先生《はなぞのせんせい》のことを太郎《たろう》くんにいってませんから、すきな人《ひと》のことについて、ないしょにしているってことでは、おたがいさまなのです。

一郎《いちろう》くんがあまりにきっぱりと、

「いないよ、そんなの!」

と断言《だんげん》したものですから、太郎《たろう》くんはかえってあやしいと思《おも》ったんですね。それで、

「そんなこといって、まさか、おまえ、木村《きむら》さやかのことがすきなんじゃやないだろうな。」

なんて、つい、いってしまいました。

「木村《きむら》さやか? どうして、おれが木村さやかのことを……。」

一郎《いちろう》くんがそういうと、なぜか太郎《たろう》くんの顔《かお》がみるみるうちにまっかになりました。目《め》もいきなりきょろきょろしだし、太郎《たろう》くんは、あっちを見《み》たり、こっちを見たりしはじめました。

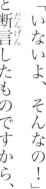

こういうのをことわざでは、〈目《め》は口《くち》ほどにものをいう〉といいます。目には感情《かんじょう》があらわれるということです。

一郎《いちろう》くんは気《き》づきました。

「あーっ！　太郎《たろう》。おまえ、木村《きむら》さやかのこと、すきなのか？」

「え？　なに？　おれが木村さやかのことを？」

太郎《たろう》くんはなんとかごまかそうとしましたが、親友《しんゆう》の一郎《いちろう》くんに、まっすぐ目《め》を見《み》つめられたら、もうだめです。

「ごめん！　かくしてた。おれ、木村《きむら》さやかのこと、すきなんだよ。」

とうとう太郎《たろう》くんは白状《はくじょう》しました。

一郎《いちろう》くんはいいました。

「そうか。それでおまえ、このあいだ、木村《きむら》さやかとあって、〈犬《いぬ》も歩《ある》けば棒《ぼう》にあたる〉をいいことわざだ、なんていってたんだな。まったくもう……。」

と、まあ、こういうのが〈やぶをつついてへびをだす〉です。

太郎《たろう》くん、一郎《いちろう》くんにすきな人《ひと》のことなんかきかなければ、じぶんのことがばれなかったのに、よけいなことをきいたばかりに、白《はく》状《じょう》しなければならなくなったわけです。

でも、ねえ。この場合《ばあい》、太郎《たろう》くんは最初《さいしょ》から白状《はくじょう》したかったたんじゃないでしょうかね。それで、わざわざ追求《ついきゅう》してもらえるように、一郎《いちろう》くんに、

「おい、一郎。おまえ、クラスにすきな子《こ》、いるんじゃねえの？」

なんていったのかもしれません。

話《はな》してしまえば、もうかくすひつようはありません。

太郎《たろう》くんは一郎《いちろう》くんにいいました。

「じつは、こんどの日曜日《にちようび》、木村《きむら》さやかの誕生日《たんじょうび》なんだよ。それで、おれ、バースデーカード書《か》いたんだけどな。どうやってわたそうかなって、じつはこまってるんだ。」

「どうやってって？　そんなの、かんたんだろ。学校《がっこう》で、『はい。これ、バースデーカード！』っていって、わたせば？」

「おまえ。そんなことしているところをクラスの女子《じょし》たちに見《み》られたら、どうなると思《おも》う？　なんだ、なんだ、見せろ、見せろってことになるにきまってる。ほんと、あいつら、未開《みかい》で野蛮《やばん》で獰猛《どうもう》だからな。うちのクラスの女子《じょし》で、未開《みかい》で野蛮《やばん》で獰猛《どうもう》でない子《こ》っていっ

たら、木村《きむら》さやかだけだ。」

こういうのを〈ほれた欲目《よくめ》〉と、ことわざではいいます。だれかをすきになると、その人《ひと》のことがじっさいよりよく見《み》えてしまうということです。野蛮人《やばんじん》でないのは木村《きむら》さやかさんだけで、ほかの女子《じょし》はぜんぶ野蛮人《やばんじん》だなんてねえ。

「じゃあ、うちにとどければいいだろ。」

一郎《いちろう》くんはかんたんにいいますが、太郎《たろう》くんとしては、学校《がっこう》であろうが、木村《きむら》さやかさんのうちであろうが、直接手《ちょくせつて》わたすのがはずかしいのです。それで、

「それもちょっとなあ……。」

としぶると、一郎《いちろう》くんは、

「木村《きむら》さやかのうち、どこだか知《し》らないの？」

Enjoy

といいました。

「いや、知《し》ってるけど……。」

「じゃあ、だいじょうぶじゃないか。」

「でも、なあ……。」

「なに、うじうじしてるんだよ。じゃあ、おれに木村《きむら》さやかのうち、おしえろよ。そうしたら、日曜日《にちようび》にいって、とどけてやるから。」

一郎《いちろう》くんにしてみれば、はずかしがってバースデーカードを女《おんな》の子《こ》にわたせない太郎《たろう》くんのかわりに、とどけてやるくらいのことは、親友《しんゆう》づきあいをしている以上《いじょう》、とうぜん、やってやるべきことです。男子《だんし》たるもの、〈義理《ぎり》とふんどしはかかせない〉のです。

ちょっと説明《せつめい》すると、義理《ぎり》というのは、それまでのつきあいからして、するのがあたりまえの義《ぎ》務《む》のようなことです。ふんどしは、ごぞんじ、むかしからある男《おとこ》のパンツです。パンツをはかないで外《そと》にはいけないように、やるべきことをやらないで、知《し》らん顔《かお》をしてはいけないというのが、〈義理《ぎり》とふんどしはかかせない〉です。

また、太郎《たろう》くんにしてみれば、〈わたりに船《ふね》〉ということになります。どうやって川《かわ》をわたろうかと思《おも》っていたところに、ちょうどよく船がやってきたということです。

こういうのを〈義理《ぎり》とふんどし、わたりに船《ふね》〉

というふうに、つづけていうかというと、そうではありません。このふたつのことわざはセットではありません。

そこで、太郎《たろう》くんは一郎《いちろう》くんにいいました。

「え？　そう？　そうしてもらえると、うれしいな。じゃあ、こうしよう。日曜日《にちようび》、どこかでまちあわせて、いっしょに木村《きむら》さやかのうちのちかくにいこう。そうしたら、おれ、ちかくでまってるから、おまえ、バースデーカードとどけて、すぐにもどってきてくれ。それで、バースデーカードを木村《きむら》さやかがうけとったとき、どんなだったかをおしえてくれよ。」

「どんなだったかって？　バースデーカードが？」

「ちがうよ。バースデーカードがどんなのかは、おれがよく知《し》っている。そうじゃなくて、木村《きむら》さやかだよ。バースデーカードをうけとって、たとえば、うれしそうだったとか。めいわくそうだったとか。そういうのを見《み》てきてくれって、そういってるんだ。」

「しょうがないなあ。わかったよ。」

と、まあ、そんなわけで、一郎《いちろう》くんと太郎《たろう》くんは、日曜日《にちようび》のお昼《ひる》すぎ、木村《きむら》さやかさんのうちのちかくの公園《こうえん》でまちあわせました。

そして、一郎くんは木村さやかさんのうちにいき、門《もん》のチャイムをピン、ポーン！

木村《きむら》さやかさんのお母《かあ》さんがでてきたところで、一郎《いちろう》くんはバースデーカードをわたして、いいました。

「こんにちは。ぼく、さやかさんと同《おな》じクラスで……。」

でも、そこまでいうと、木村《きむら》さやかさんのお母《かあ》さんは、

「まあ、さやかのおともだちね。もう、みなさん、おあつまりよ。

さあ、どうぞ！」

と一郎《いちろう》くんをうちのなかにいれてくれようとしたのです。

「いいえ、ぼくはともだちから、バースデーカードをただあずかってきただけで……。」

一郎《いちろう》くんがそういったところで、おくから木村《きむら》さやかさんがでてきて、

「あら、一郎くん。わたしのバースデーパーティーにきてくれたの？」

って……。

「いや、その、ぼくじゃなくて、太郎《たろう》がバースデーカードを、ええと、それで、いま、そこの公園《こうえん》で

まっていて……。」

これ、日本語《にほんご》の意味《いみ》では、太郎《たろう》がバースデーカードを公園《こうえん》でまっている、という意味《いみ》になってしまうのですが、なぜか、木村《きむら》さやかさんはそう思《おも》わず、

「え？　太郎くんが公園でわたしをまってるの？」

といい、一郎《いちろう》くんが、

「え？　いや、そういうことじゃあ……。」

っていっているうちに、

「ママ。わたし、むかえにいってくる！」

といって、でていき、すぐに太郎《たろう》くんといっしょにもどってきました。

太郎《たろう》くんは、まだ玄関《げんかん》にいた一郎《いちろう》くんに、

「おまえ、なに、やってるんだよ。バースデーカード、わたしてくれたのか？」

なんてもんくをいいましたが、口《くち》ではそういいながら、なぜかうれしそうです。

そういうわけで、一郎《いちろう》くんと太郎《たろう》くんは、木村《きむら》さやかさんのバースデーパーティーにとびいり参加《さんか》し、太郎くんのバースデーカード一まいで、木村さやかさんのお母《かあ》さん手《て》づくりのちらし寿司《ずし》、それから、バースデーケーキやおかしやジュースをごちそうになり、しかも、そこには、木村《きむら》さやかさんのともだちの女《おんな》の子《こ》が五人《にん》もお客《きゃく》にきていて、みんなでゲームをしたりして、大《おお》もりあがり！

一郎《いちろう》くんも太郎《たろう》くんもたのしくて、よかったね！

太郎くんにとっては、画用紙《がようし》でつくった手製《てせい》のバースデーカード一まいで、ちらし寿司《ずし》、ケーキ、おかし、それにジュースというふうに、たんまりごちそうになって、まさに〈えびでたいをつる〉ようなことになったわけです。

〈えびでたいをつる〉というのは、小《ちい》さなえびをエサにして、大《おお》きなたいをつるということで、わずかな元手《もとで》で大《おお》きくとくすることです。

でも、太郎《たろう》くんにしてみれば、ごちそうめあてでバースデーカードをつくったわけじゃないから、こういう場合《ばあい》、〈えびでたいをつる〉なんていったら、太郎くんにしつれいかもしれません。

それから、一郎《いちろう》くんにしてみれば、太郎《たろう》くんのためにバースデーカードを木村《きむら》さやかさんにとどけただけで、太郎くんと同《おな》じように、いろいろごちそうになったのですから、まあ、〈なさけは人《ひと》のためならず〉だったといえるでしょう。

それよりなにより、一郎《いちろう》くんは、いままで学校《がっこう》であまり話《はなし》をしたことがなかった女《おんな》の子《こ》たちとおしゃべりをしたり、ゲームをしたりで、おちかづきになれて、ますます〈なさけは人《ひと》のためならず〉でした。

女《おんな》の子《こ》たちは学校《がっこう》ではみんな野蛮人《やばんじん》だったのに、ここではかわいくなっちゃって、まるで花《はな》みたい。

〈花《はな》よりだんご〉ということわざがあって、うつくしくさいている花を見るよりも、食《た》べもののほうがいいという意味《いみ》ですが、わたしとしては、そういう考《かんが》えはどうかと思《おも》いますよ。似《に》た意味《いみ》のことわざで、〈色気《いろけ》より食《く》い気《け》〉なんていうのもあって、どうもそういうのはねえ、わたしはすきじゃありません。

HAPPY BIRTHDAY
さやか

え？　なんですって？〈なさけは人《ひと》のためならず〉っていうのは、人にしんせつにしたら、めぐりめぐって、じぶんのためになったのであって、すぐになにか、いいことがあったってことじゃないですって？　一郎《いちろう》くんみたいに、ともだちのかわりにバースデーカードをとどけたら、すぐにごちそうになったなんていうのは、いくらなんでも早《はや》すぎるだろうって？

まあ、そういう考《かんが》えもあるでしょうが、なにしろ現代《げんだい》はスピードの時代《じだい》でしてね。人《ひと》にいいことをしても、あんまり時間《じかん》がたつと、鶴《つる》はどこかへとんでいっちゃうし、けっきょくは、こっちはおじいさんになっちゃいますからねえ。

ま、〈光陰矢《こういんや》のごとし〉、光《ひかり》は太陽《たいよう》、陰《かげ》は月《つき》。光陰《こういん》とは時間《じかん》のことで、時間は矢《や》がとぶように、早《はや》くすすむのです。そんなに長《なが》くはまっていられませんよ。
〈少年老《しょうねんお》いやすく、学《がく》なりがたし〉っていってね、わかいと思《おも》って
いるうちに、すぐに年《とし》をとってしまうのです。ちゃんと勉強《べんきょう》しない
と、学問《がくもん》は身《み》につきませんからねえ。
そういうことを考《かんが》えて、わたしはらくごをしているんです。
いったい、このはなしに、ちゃんと勉強《べんきょう》しておかなくてはならな
い重要《じゅうよう》なことわざが、いくつでてきたと思《おも》います。
十四ですよ！
でてきたことわざは、みな重要です。じゅうようです。じゅうよ
んです。十四です……。
というところで、おあとがよろしいようで。

えエ、ことわざのらくご、いかがでしたでしょうか。

世《よ》の中《なか》には〈荒唐無稽《こうとうむけい》〉などの四字熟語《よじじゅくご》や孔子《こうし》の〈子《し》いわく、学《まな》んでときにこれをならう。また、よろこばしからずや〉などのえらい人《ひと》のことばはことわざじゃないんじゃぁ……なんて、こうるさいことをおっしゃる方《かた》もいらっしゃいましょうが、そういうこまかいことをあんまり気《き》にしていると、らくごも世《よ》の中《なか》もあんまりおたのしみいただけないんじゃないでしょうか。〈木《き》を見《み》て森《もり》を見ず〉なんていうことばもありまして、これは、小《ちい》さいことにとらわれて全体《ぜんたい》を見ない、ということです。

ま、そんなわけでおたのしみいただければよろしいかと思《おも》います。いずれまたどこかで、お目《め》にかかればとぞんじます。

西
東
らくごでことわざ笑《しょう》辞《じ》典《てん》

タイホいっぱつ
enjoy

# おまけのことわざ笑《しょう》辞《じ》典《てん》

# 犬《いぬ》も歩《ある》けば棒《ぼう》にあたる

**犬《いぬ》も歩《ある》けば棒《ぼう》にあたる**（7ページ）

棒《ぼう》にあたるというのは、棒でぶたれるということで、でしゃばると、思《おも》わぬ災難《さいなん》にあうという意味《いみ》。また、ぎゃくに、なにかやってみると、予想《よそう》しなかったような幸運《こううん》にめぐりあうことがある、という意味もある。

**子《し》いわく、学《まな》んでときにこれをならう。また、よろこばしからずや**（18ページ）

学問《がくもん》をして、それをじっさいにやってみるなどして理解《りかい》をふかめるのは、うれしいことだという意味《いみ》。

**ともあり、遠方《えんぽう》よりきたる。また楽《たの》しからずや**（21ページ）

ともだちが遠《とお》くからたずねてきてくれるとは、なんてたのしいことだろうかという意味《いみ》。

**犬猿《けんえん》の仲《なか》**（32ページ）　仲がわるいこと。

**猿《さる》も木《き》から落《お》ちる**（32ページ）

**河童《かっぱ》の川《かわ》ながれ**（32ページ）

**弘法《こうぼう》にも筆《ふで》のあやまり**（32ページ）

いずれも、とくいなことでも、ときには失敗《しっぱい》することがあるという意味《いみ》。

## 二

# 二階《かい》から目《め》ぐすり

**二階《かい》から目《め》ぐすり**（35ページ）

二階《かい》にいて、下《した》の階や、地上《ちじょう》にいる人《ひと》に目《め》ぐすりをさすように、遠《とお》まわりでもどかしいこと。また、ききめがないこと。

**初心貫徹《しょしんかんてつ》**（60ページ）

はじめに心《こころ》に決《き》めたことを、さいごまでつらぬくこと。

## 三

# 月夜《つきよ》に釜《かま》をぬかれる

**月夜《つきよ》に釜《かま》をぬかれる**（61ページ）

あかるい月夜《つきよ》だから、どろぼうなんて入《はい》らないだろうと思《おも》っていたら、台所《だいどころ》から釜《かま》をぬすまれたということで、すごくゆだんしたり、不注意《ふちゅうい》きわまること。

**二度《ど》あることは三度ある**（64ページ）

二度《ど》あったことは、きっとまたおこる、ということ。

**勝《か》ってかぶとの緒《お》をしめよ**（68ページ）

勝《か》っても、ゆだんせず気持《きも》ちをひきしめよ、という意味《いみ》。

**ゆうれいの浜風《はまかぜ》**（69ページ）

ゆうれいが浜《はま》にふく強《つよ》い海風《うみかぜ》にふきとばされそうになっているようすのこと。つまり、元気《げんき》がなくて、まるっきり迫力《はくりょく》がないようすという意味《いみ》。

**青菜《あおな》に塩《しお》**（74ページ）　元気《げんき》だったのがすっかりしょげかえること。

**弁慶《べんけい》の泣《な》きどころ**（74ページ）

ひざの下《した》のむこうずねのこと。けられたりすると、ものすごくいたいので、さすがの豪《ごう》傑弁慶《けつべんけい》もなみだをながすことから、強《つよ》い人《ひと》の弱点《じゃくてん》をいう意味《いみ》にもなる。

**判官《ほうがん》びいき**（76ページ）

弱《よわ》いほうに味方《みかた》する気持《きも》ち。判官《ほうがん》は源《みなもとの》義経《よしつね》のこと。

**弁慶《べんけい》の立《た》ち往生《おうじょう》**（77ページ）

まえにもいけず、うしろにもさがれずというような、進退《しんたい》きわまったことをあらわす。弁慶《べんけい》が橋《はし》の上《うえ》で、立《た》ったまま死《し》んだことから。

## 四　なさけは人《ひと》のためならず

**なさけは人《ひと》のためならず**（81ページ）

なさけ、つまり、やさしさやしんせつさというのは、人《ひと》にあたえれば、いつかはじぶんにもどってくるということ。やさしくすると、その人のためにならない、という意味《いみ》ではない。

**鶴《つる》は千年《せんねん》、亀《かめ》は万年《まんねん》**（84ページ）　長生《ながい》きで、めでたいことにいう。

**荒唐無稽《こうとうむけい》**（90ページ）　証拠《しょうこ》がなく、現実味《げんじつみ》もないこと。でたらめ。

**やぶから棒《ぼう》**（94ページ）

やぶのなかからいきなり棒《ぼう》をだすということで、とつぜんなにかをすること。

**やぶへび／やぶをつついてへびをだす**（95ページ）

やぶのなかをつついたら、へびがでてきたということで、よけいなことをして、わるい結《けっ》果《か》になるという意味《いみ》。

**目《め》は口《くち》ほどにものをいう**（99ページ）

ことばにしなくても、目《め》に感情《かんじょう》があらわれて、あいてにつたわるということ。

**ほれた欲目《よくめ》**（102ページ）

だれかをすきになると、その人《ひと》のことがじっさいよりよく見《み》えてしまうということ。

**義理《ぎり》とふんどしはかかせない**（105ページ）

ふんどしをつけないで外《そと》にはいけないように、どんなときでもやるべきことはやらねばならないという意味。

**わたりに船《ふね》**（105ページ）　こまっているときに、ちょうどよいものがやってくること。

**えびでたいをつる**（111ページ）

小《ちい》さなえびをエサにして、大《おお》きなたいをつるということで、わずかな元手《もとで》で大きくとくすること。

**花《はな》よりだんご**（112ページ）
**色気《いろけ》より食《く》い気《け》**（112ページ）

うつくしいものより食欲《しょくよく》がまさるということ。また、形《かたち》よりも実用的《じつようてき》なことをだいじにすること。

**光陰矢《こういんや》のごとし**（114ページ）

光《ひかり》は太陽《たいよう》で陰《かげ》は月《つき》。光陰《こういん》とは時間《じかん》のことで、時間は矢《や》がとぶように、早《はや》くすすむという意味《いみ》。

**少年老《しょうねんお》いやすく、学《がく》なりがたし**（115ページ）

わかいと思《おも》っているうちに、すぐに年《とし》をとってしまうという意味《いみ》。だから、わかいときにしっかり勉強《べんきょう》しなくてはならないということ。

## 木《き》を見《み》て森《もり》を見《み》ず

（116ページ）

小《ちい》さいことにとらわれて、全体《ぜんたい》を見《み》ないこと。

作中《さくちゅう》のことわざ、慣用句《かんようく》、四字熟語《よじじゅくご》などを
はじめてでてきたページ順《じゅん》にまとめました。

**斉藤洋（さいとう ひろし）**

東京都生まれ。中央大学大学院文学研究科修了。『ルドルフとイッパイアッテナ』で講談社児童文学新人賞、『ルドルフともだちひとりだち』で野間児童文芸新人賞、『ルドルフとスノーホワイト』で野間児童文芸賞を受賞。1991 年、路傍の石幼少年文学賞を受賞。作品に『らくごで笑学校』『らくごで笑児科』「白狐魔記」シリーズ、「イーゲル号航海記」シリーズ、「ほらふき男爵」シリーズなど多数。

**陣崎草子（じんさき そうこ）**

大阪府生まれ。大阪教育大学芸術専攻美術科卒業。絵、絵本、短歌、小説の創作にとりくむ。さし絵に『らくごで笑学校』『らくごで笑児科』『ユッキーとともに』『つくしちゃんとすぎなさん』、絵本に『おむかえワニさん』、歌集に『春戦争』など。『草の上で愛を』で講談社児童文学新人賞佳作を受賞。

# らくごでことわざ
# 笑辞典

2016年4月　1刷　2017年5月　2刷

作＝斉藤洋

絵＝陣崎草子

発行者＝今村正樹

発行所＝株式会社 偕成社　http://www.kaiseisha.co.jp/

〒162-8450 東京都新宿区市谷砂土原町3-5
TEL 03(3260)3221（販売）　03(3260)3229（編集）

印刷所＝中央精版印刷株式会社　小宮山印刷株式会社
製本所＝株式会社常川製本

NDC913　偕成社 126P.　21cm　ISBN 978-4-03-516830-0


本のご注文は電話、ファックス、またはEメールでお受けしています。
Tel: 03-3260-3221　Fax: 03-3260-3222　e-mail: sales @ kaiseisha.co.jp
乱丁本・落丁本はお取りかえいたします。

## みんなでわらおう
# らくごで笑《しょう》シリーズ
斉藤洋 作　陣崎草子 絵

**らくごで笑学校《しょうがっこう》**

おかしな学校でおおわらい！遠足に授業参観、運動会まで、おもしろくっておちのあるおはなし七話が入っています。

**らくごで笑児科《しょうにか》**

ひょんなことから、入院してしまった一郎くん。おかしな病院でくりひろげられる、ゆかいなおはなし七話が入っています。